Argentina Ministerio de Relaciones Exteriores, John B. Nicholson

Correspondance entre S. E. le gouverneur de Buenos-Aires

Antigonos

**Argentina Ministerio de Relaciones Exteriores,
John B. Nicholson**

Correspondance entre S. E. le gouverneur de Buenos-Aires

Réimpression inchangée de l'édition originale de 1839.

1ère édition 2024 | ISBN: 978-3-38605-736-3

Antigonos Verlag est une marque de Outlook Verlagsgesellschaft mbH.

Verlag (Éditeur): Outlook Verlag GmbH, Zeilweg 44, 60439 Frankfurt, Deutschland
Vertretungsberechtigt (Représentant autorisé): E. Roepke, Zeilweg 44, 60439 Frankfurt, Deutschland
Druck (Imprimerie): Libri Plureos GmbH, Friedensallee 273, 22763 Hamburg, Deutschland

CORRESPONDANCE.

CORRESPONDANCE

ENTRE

S. E. LE GOUVERNEUR

DE

BUENOS-AIRES,

CHARGÉ DES RELATIONS EXTÉRIEURES

DE LA

CONFÉDÉRACION ARGENTINE,

ET

M.ʳ JOHN B. NICOLSON,

COMMANDANT EN CHEF DES FORCES NAVALES DES E. U., SUR LA CÔTE DU BRESIL, ET DU RIO DE LA PLATA, AU SUJET DE LA QUESTION PROVOQUÉE

PAR LES

AGENS DE LA FRANCE.

BUENOS-AIRES.

IMPRIMERIE DE L'ETAT.

1839.

CORRESPONDENCE

SUSTAINED BETWEEN

THE GOVERNMENT

OF

BUENOS-AIRES,

CHARGED WITH THE FOREIGN AFFAIRS

OF THE

ARGENTINE CONFEDERATION,

AND

CAPTAIN JOHN B. NICOLSON,

COMMANDER OF THE U. STATES' NAVAL FORCES ON THE COAST OF BRASIL AND RIVER PLATE, RESPECTING THE QUESTION PRODUCED

BY THE

AGENTS OF FRANCE.

BUENOS-AIRES.

STATE PRINTING-OFFICE.

1839.

I.

(Traduction.)

Buenos Ayres, le 4 Avril 1889.

Monsieur—

Animé d'un vif désir de voir arriver à un terme amical les
différends qui malheureusement existent entre le Roi
des Français, et le Gouverneur Général des Provinces
de la République Argentine, j'ai examiné avec assez
de soin les documents que la presse a répandu dans
le monde, et dans mon intime conviction qu'on
s'est mépris, au moins en ce qui regarde l'article
par lequel on demande, "que les Français soient ga-
rantis dans leur personne, et dans leurs propriétés à
l'égal des autres nations étrangères, jusqu'à ce qu'on
ajuste et qu'on célèbre un traité entre leurs gouvernemens respectifs"; j'ai pris sur moi, ne croyant pas
d'agir en contradiction de mes devoirs, de tâcher de
mettre un terme à cette mésintelligence, qui est de-
venue si perjudicielle aux intérêts commerciaux de mon
pays, ainsi qu'à ceux des autres nations neutres.

Je prends donc la liberté d'offrir à V. E., avec un grand

I.

Buenos Aires, 4th April 1839.

Sir.

Feeling a great wish to see the differences now unfortunately existing between the King of the French, and the Governor General of the Provinces of the Argentine Republic, brought to an amicable arrangement, I have taken some pains to examine those document which have been sent forth to the world in a printed form; and under the full conviction that there has been a misunderstanding, at least upon the article where it is asked "that the "French subjects shall be protected in their persons and "property as are other Foreign Nations, until a Trea- "ty shall be adjusted and confirmed by the respective "Governments." I have volunteered, as an act becoming my situation, to endeavour to put an end to the misunderstanding which has been so injurious to the commercial interest of my Country, as well as that of all other neutral Nations.

I therefore take have to offer to Your Excellency, with a

sentiment de confiance, mes services les plus empressés sur cette importante question, qui affecte au vif, non seulement les citoyens de la République Argentine, mais aussi tous les neutres.

Je me flatte que rien ne sera demandé par le Gouvernement Français qui ne soit honorable, juste, et conforme au droit commun des nations, comme il est compris, y pratiqué chez tous les gouvernemens civilisés.

Etant au fait, jusqu'à un certain point, de l'idée que le Contr' Amiral Leblanc, et Monsieur de Martigny, Chargé d'Affaires de France, se sont formée de la question actuelle, j'ai raison de croire qu'on arriverait au but désiré si on acceptait les articles que je propose comme bases d'un arrangement amiable des points disputés.

C'est dans cet espoir que je demande la permission de soumettre à V. E. les articles suivans, comme autant de bases de négociation.

1.º Les sujets de la France seront protégés dans leurs personnes et dans leurs propriétés à l'égal de tous les autres sujets et citoyens qui n'ont pas de traité existant avec la République Argentine, jusqu'à la conclusion d'un traité d'amitié, de navigation et de commerce entre S. M. le Roi des Français, et S. E. le Gouverneur Général de la République Argentine.

2.º Les sujets de la France seront exempts de tout ser-

feeling of great diffidence, my best services on this important question, which is so deeply interesting, not only to the Citizens of the Argentine Republic, as well as to all Neutrals.

I feel confident that nothing will be asked by the Government of France, which shall not be deemed honorable and just, and according to the known Law of Nations, as understood and acted on by all civilized Governments.

Being to a certain degree informed of the idea which is entertained both by Rear Admiral Le Blanc, as well as Monsieur Martigny, the Chargé d'Affaires of France with regard to the question at issue, I am induced to suppose, if the following points shall be taken as the bases for an amicable arrangement of the disputed points, that desirable end may be attained.

Under this impression I beg to suggest to Your Excellency, that the following points form the bases alluded to.

1st. The subjects of France shall be protected in their persons and property, as are all other subjects and Citizens who have no actual Treaty with the Argentine Republic, until the conclusion of a Treaty of friendship, navigation and commerce, beteween His Majesty the King of the French, and His Excellency the Governor General of the Argentine Republic.

2nd. The subjects of France shall be exempt from all mi-

vice militaire, d'après l'usage des nations civilisées; et ce principe sera admis comme un article de tout traité qu'on célèbrera entre le Gouvernement Français, et celui de la République Argentine.

3.° Le Gouvernement de Buenos Aires s'engage à payer des indemnités aux Français, qui prouveront avoir reçu des atteintes dans leur personne, ou dans leurs propriétés, par suite des actes du même Gouvernement.

4.° La discussion relative à ces indemnités aura lieu entre Mr. de Martigny, Chargé d'Affaires et Consul Genéral de France, et D. Felipe Arana, Ministre des Relations Etrangères, où tout autre individu que S. E. jugerait à propos de charger de cette négociation: et au cas de ne pas être d'accord dans leur résolution, on nommera une commission d'arbitres, composée de tel nombre d'individus qu'on accordera, et que les deux parties choisiront réciproquement parmi des personnes entièrement neutres et impartiales, car c'est la justice qu'on se propose d'atteindre. La décision de cette commission sera définitive.

J'observerai avec le plus grand respect à V. E. que, si elle le jugeait à propos, la question d'indemnités, ou tout autre qui s'y rattache, pourrait être rejetée dans des *articles* appelés *secrets* du traité, ainsi qu'il fut proposé dans l'*ultimatum*, envoyé par le Consul de France, Mr. Aimé Roger.

litary duties, according to the custom of civilized Nations, and that this principle shall be recognized by an article in any Treaty, which may be entered into between the Government of France and that of the Argentine Republic.

3d. The Government of Buenos Ayres shall pledge itself to pay indemnities to those Frenchmen, who shall be found to have been injured in their persons or property, by acts of the Government.

4th. The discussion relative to those indemnities shall be carried on between the Chargé d'Affaires and Consul General of France, Monsieur Martigny, and the Minister of Foreign Affaires Mr. Felipe Arana (or such other Representative, to whom Your Excellency shall see fit to entrust this negociation,) and should they not agree in their decision, a Commission of reference shall be mutually appointed, composed of such a number as may be agreed upon, of persons who are strictly neutral and unbiassed, as it is justice alone which it is wished to arrive at, in settling this question. The determination of this commission shall be considered as final.

I would most respectfully remark that if more agreeable the question of indemnity, and all that relates to it, may be arranged as part of a Treaty called *secret articles*, as was proposed in the last *ultimatum* sent in by the Consul of France, Mr. Aimé Roger.

On propose en outre que, ces principes une fois admis, on s'empresserait de les transmettre avec les rémarques, et la résolution de V. E., pour faire connaitre ses vues, et les principes sur lequels il lui plairait d'ouvrir une correspondance pour arriver à un arrangement amicale dans cette importante affaire.

Dans le cas que V. E. se prêtait à entrer en discussion avec Mr. Martigny, Chargé d'Affaires et Consul Général de France, je lui ferai passer l'invitation du Ministre de V. E. de se rendre dans cette ville, pour se joindre au même Ministre, ou Secrétaire des Relations Extérieures, et pour entrer en discussion avec lui: et à son arrivée l'escadre du blocus se retirerait de la vue de la ville, jusqu'à la *Punta del Indio*, (si on le jugeait nécessaire) vers le sud, et du côté de la Colonia, vers le nord, jusqu'à ce que l'arrangement serait définitivement arrêté. Le bâtiment qui aménerait dans la rade de cette ville le Chargé d'Affaires, garderait son pavillon déployé tout le tems qu'il le faudrait.

Au cas qu'on ne crût pas convenable d'engager le Chargé d'Affaires de France de descendre à terre pour entamer ces débâts, je me fais un très grand plaisir d'offrir la frégate des E. U. la *Fairfield*, qui est un bâtiment neutre, sur lequel les deux parties se rencontreraient comme sur un terrein commun, pour éviter que cette discussion éprouve des délais et des interruptions; étant de l'intéret de toutes les nations que la bonne harmonie régne entre les gouvernemens de tous les pays.

It is further proposed that if these principles shall be agreed to, they shall be transmitted with the remarks and determination of Your Excellency, as to your own views as to what principles you will agree to open a communication to arrive at an amicable arrangement of this important business.

Should you desire to open a discussion between the Chargé d'Affaires of France and Consul General Mr. Martigny, I will transmit the invitation from your Minister to him that he may proceed to this place to meet your Minister or Secretary for Foreign Affaires, to enter into the discussion, and upon his arrival, the Blockading Squadron will remove out of the wiew of the City, as far as Point India, (if deemed necessary) on the south side, and over towards Colonia, on the other, until a final arrangement shall be concluded. The vessel in which the Chargé d'Affaires shall arrive off the City, shall remain with a flag of truce flying, se long as may be necessary.

Should it not be deemed advisable to invite the Chargé d'Affaires of France on shore, to discuss the affair, I, with much pleasure, offer the U. S. ship *Fairfield*, as a neutral ship to allow both parties to meet upon neutral ground, that the discussion may meet with no delay, or interruption as it is important to all Nations, that harmony shall exist betveen the Governments of every Country.

Il m'est bien agréable de pouvoir déclarer à V. E. que dans mon entrevue de hier j'ai éprouvé un plaisir inexplicable à lui entendre dire de sa propre bouche, que les ennemis de V. E. l'avait calomnié, lorsqu'ils l'avaient représenté comme l'ennemi des étrangers, et sur tout des sujets de la France: tandis que V. E., pendant tout le tems qu'elle a été à la tête des affaires, s'est montrée, l'ami et le protecteur zelé, non seulement des Français, mais de tout étranger qui est venu se placer sous la protection des lois et du Gouvernement de la République Argentine. Ces sentimens et ces actes ennoblissent la nature humaine, et me font désirer que V. E. vive de longues années pour le bien et l'honneur de sa République.

Je profite de cette occasion pour assurer V. E. de ma haute considération et de mon respect, en me déclarant

Son dévoué et obéissant serviteur,

JOHN B. NICOLSON,

Commandant en chef des forces navales des E. U. sur la côte du Brésil et du Rio de la Plata.

A S. E. D. Juan Manuel de Rosas, Gouverneur et Capitaine Général de la Province de Buenos-Ayres, Chargé des Relations Extérieures des autres Provinces de la République Argentine.

I am happy to assure your Excellency that it gave me unfeigned pleasure to understand personally from yourself in my interview yesterday, that you have been misrepresented, when it has been asserted by your enemies, that you were an enemy to all Foreigners, and particularly to the subjects of France. Instead of this, you have been a warm friend and protector of not only the subjects of France, but of all Foreigners who have taken shelter under the Laws and Government of the Argentine Republic, since you have been at the head of it: such sentiments and acts, ennoble human nature, and I pray you may long live to be a benefit and honor to your Republic.

I take this occasion to assure Your Excellency of my high regard and respect.

And remain,

Your obliged and obedient servant,

JOHN B. NICOLSON,

Captain, Commanding the naval forces of the U. States on the coast of Brasil and the Rio de la Plata.

To His Excellency Don Juan Manuel de Rosas, Governor and Captain General of the Province of Buenos Aires, and Charged with the Foreign Affaires of the other Provinces of the Argentine Republic.

II.

(*Traduction.*)

Buenos Aires, le 7 Avril 1839.

A Monsieur John B. Nicolson, Commandant en chef des for-
ces navales des Etats-Unis sur la côte du Brésil et du
Rio de la Plata.

MONSIEUR—

Je vous fais mes plus vifs remercîments pour le désir que vous
me témoignez, dans votre bien estimable lettre du
4 de ce mois à laquelle j'ai l'honneur de répondre, de
voir se terminer d'une manière amicale les différends
qui malheureusement existent entre S. M. le Roi des
Français, et le Gouvernement chargé des affaires géné-
rales de la République ; et je me félicite beaucoup que
Votre Seigneurie ait pris la peine d'examiner en détail
les documents que la presse a répandus dans le monde.
J'espère que son bon jugement saura apprécier convenable-
ment la justice et la dignité de mes actes administratifs
dans mes relations avec Mrs. les Agents du Roi de France,
ainsi que les efforts honorables que j'ai faits pour abré-
ger le terme de cette mésintelligence, si préjudiciable
aux intérêts commerciaux de toutes les nations neutres.

II.

(Traduction.)

Buenos Aires, April 7th. 1839.

To Captain John B. Nicolson, Commander of the United States' naval forces on the coast of Brasil aud River Plate.

SIR.

I give you the most cordial thanks for the very good wishes you express to me in your very esteemed letter of 4th. inst. which I have the satisfaction to answer, the object of which is that the differences now existing between H. M. the King of the French, and the Government, Charged with the general affairs of the Argentine Republic, should be led to an amicable arrangement; and it affords me infinite pleasure that you should have examined rather minutely the printed documents which have been presented to the world. I feel confident that your good judgement will have duly valued the justice and dignity of my administrative proceedings in my relations with the Agents of that Sovereign, and my honorable endeavours to aproximate to a conclusion this misunderstanding so prejudicial to the commercial interests of all neutral Nations.

V. S. me rend la justice à laquelle j'ai droit, en m ot-
frant avec un grand sentiment de confiance ses bons offices
dans cette importante question; et obligé, comme je le
suis, d'y répondre, j'éprouve un bien grand plaisir à lui
déclarer, que je me sens sincèrement disposé à admettre tout ce qui est honorable, juste et conforme à la
loi commune des nations, pour arriver à un dénoûment,
qui ne compromette pas la dignité de la République
Argentine, que ma haute position me fait un devoir de
défendre.

Dans la visite amicale que V. S. eut la bonté de me faire
dans l'aprés-diné du 3 courant, elle a eu l'occasion de
connaître ce qu'il y a de vrai dans les faits allégués
par Mrs. les Agens Français pour justifier leurs pré-
tendus griefs, et c'est avec raison qu'elle me regarde
comme l'ami et le protecteur le plus zélé, non seulement des sujets de la France, mais de tous les étrangers qui sont venus se placer sous la protection des lois
et du Gouvernement de la République Argentine, que
j'ai l'honneur de présider. V. S. me permettra de lui
témoigner ma plus haute estime et toute ma reconnaissance pour cette nouvelle preuve de sa bienveillance; et avant
d'entrer en matière sur les points qu'elle a la bonté de
me proposer comme bases d'un arrangement amical avec
Mrs. les Agents de la France sur la question actuelle, je dois lui demander la permission de lui expri-
mer, avec toute ma sincerité, le désir qu'il lui plaise

You do me due justice on offering with sentiments of great deffidence your best services respecting this important question; and in the obligation in which I consider myself of corresponding to them, I experience great pleasure on reproducing to you that I am sincerely disposed to admit whatever may be honorable, just and compatible with the Common Law of Nations, in order to arrive at a termination in conformity with the dignity of the Argentine Republic, which on account of my high position it is my duty to preserve.

You also, in the friendly visit with which you favoured me the evening of 3rd. inst., have had opportunity to observe the reality of the facts on which are founded the gratuitous wrongs which the French Agents invoke; and it is with foundation that you consider me a decided friend and protector, not only of the subjects of France, but also of every Foreigner who has come to take shelter under the Laws and Government of the Argentine Republic, which I have the honor to preside. Allow me Sir to express the high esteem under which you constitute me by this other testimony of your friendship towards me; and that also previous to my manifesting an opinion regarding the points you have been good enough to lay before me as bases of an amicable arrangement with the French Agents, respecting the pending question, I should express my sincere wishes that you would be kind enough to resolve me the doubt in

de me tirer du doute qui me reste sur l'autorisation, en vertu de laquelle elle s'est décidée à essayer de mettre un terme aux différends actuels entre ces Messieurs et le Gouvernement de la République : car V. S. ne m'en parle pas dans sa lettre, et me rappelant lui avoir entendu dire dans son obligeante entrevue, que Mrs. les Agens Français l'avaient autorisé de faire cette démarche honorable, je commence à douter si effectivement elle m'en donna l'assurance, ou si je l'ai mal compris; çe qui pourrait être arrivé à cause de la différence du langage dans lequel nous causions.

Je profite de cette occasion pour renouveller à V. S. les sentimens d'estime affectueuse et amicale, avec lesquels je suis son dévoué et sincère serviteur

JUAN MANUEL DE ROSAS.

III:

(Traduction.)

Buenos Aires, le 9 Avril 1889.

MONSIEUR—

J'ai l'honneur d'accuser réception de votre estimable lettre du 7 courant, et je me permets de vous dire en y répondant que je me considère pleinement autorisé de faire à V. E. les propositions et les explications, renfermées dans ma

which I am respecting the authorization, in virtue
of which you have taken upon yourself to endeavour to
terminate the present differences of those Gentlemen with
this Government, since you not having determined it in
your above mentioned letter, of which I occupy myself;
and remembering that in your esteemed visit, you indica-
ted to me, that you were authorised by the French Agents
to give this honorable step. I labour under the doubt,
whether you thus truly assured me of, or if it was a mis-
taken understanding on my part occasioned by the diffe-
rence of languages in which both of us expressed ourselves.
With this opportunity I reproduce to you the cordial friendly
esteem with which I am

Your faithful and sincere servant,

JUAN MANUEL DE ROSAS.

— ◆ —

III.

Buenos Aires, 9th April 1839.

Sir.

I have the honor to acknowledge your esteemed communication of the 7th. inst. and in reply, beg to say that I
consider myself fully authorised to make those propo-
sals and suggestions to Your Excellency, which were

IV.

(Traduction.)

Buenos Aires, le 12 Avril 1839.

A Monsieur John B. Nicolson, Commandant en chef des forces navales des E. U. sur la côte du Brésil et du Rio de la Plata.

MONSIEUR—

Puisque V. S. a la bonté de m'assurer dans sa très-estimable lettre du 9 courant, qu'elle se considère pleinement autorisée de me faire les propositions et les explications renfermées dans son antérieure du 4 du même mois, au sujet de la question pendante entre Mrs. les Agens de S. M. le Roi des Français et le Gouvernement Argentin, et que cette autorisation émane des conversations verbales que V. S. a eues avec Mr. le Contr'Amiral Leblanc, et Mr. Martigny : depuis que V. S. a eu également la bonté de me dire dans la même lettre, que ces Messieurs lui ont assuré que, dès qu'on admettrait les bases proposées par V. S., ils seraient non seulement bien aises de traiter avec le Gouvernement Argentin pour écarter les difficultés malheureusement existentes, mais qu'ils acceptaient avec empressement ses offres de services pour un but aussi

IV.

(Traduction.)

Buenos Aires, April 12th. 1839.

To Captain John B. Nicolson, Commander of the United States' naval forces on the coast of Brasil and River Plate.

Sir.

After your having been pleased to assure me in your very esteemed letter of 9th. inst., that you consider yourself sufficiently authorised to offer the propositions and suggestions contained in that of 4th. inst., relative to the pending question between the Agents of H. M. the King of the French and the Argentine Government; and that this authorization arises out of verbal communications that you had with Rear Admiral Le Blanc and Mr. Martigny; after your having also the goodness to state to me in your above mentioned letter, that these Gentlemen not only assured you, that on the bases proposed by you, being admitted, they would be very ready to treat with the Argentine Government, with the object of arranging the differences which unfortunately exist at present; and after your noticing to me, that on your offering your services to obtain so desirable an object,

désiré; et que Mr. Martigny se montra en outre disposé à se rendre ici pour entamer la discussion projetée, sur l'invitation que le Gouvernement Argentin lui adresserait à cet effet par l'entremise de V. S. Prénant en considération ce qu'elle a eu la bonté de me soumettre sur cette affaire, et ses nobles efforts pour amener une transaction amicale dans la cuestion qu'on agite, j'ai la haute satisfaction de répondre à V. S. sur les bases qu'il lui a plu de me proposer dans son estimable lettre du 4 courant, et sur les autres objets dont elle daigne m'entretenir au sujet de la question pendante avec Mrs. les Agens Français.

V. S. se recommande d'une manière distinguée à la considération des Argentins, en s'efforçant de faire disparaître les circonstances fâcheuses qui altèrent la bonne intelligence du Gouvernement de S. M. le Roi des Français avec celui de la Confédération Argentine; et il est de mon devoir de renouveller dans cette occasion à V. S. les sentimens de la profonde estime avec laquelle j'accepte des offres aussi obligeantes, qui ne tendent pas moins à favoriser les intérêts de cette République, que ceux de toutes les nations neutres, compromis et froissés également par ces mêmes événemens désagréables. Si, malgré les moyens honorables employés par le Gouvernement Argentin pour arriver à un arrangement amical; si en dépit des réponses terminan-

those gentlemen accepted them, and that M. Martigny manifested that he was ready to repair to this place to undertake this discussion, in case that through your medium he should be invited by the Argentine Government to effect it; in consequence also of what you have submitted to me on this subject, and of your noble endeavours to obtain an amicable transaction of the question in dispute, I have the high satisfaction to give you an answer respecting the bases which you have been kind enough to propose to me in your distinguished letter of 4th. inst. and regarding the other circumstances which you are good enough to transmit to me, relative to the pending question with the French Agents.

You recommend yourself in a very distinguished manner to the consideration of the Argentines, when you so generously put forward your exertions in order that the disagreable circumstances which disturb the friendly intercourse of the Government of H. M. the King of the French with that of the Argentine Confederation, should disappear; and it is my duty to reproduce to you with this opportunity the sentiments of intense esteem with which I accept such worthy services, not less important to the interests of this Republic, than to those of all neutral Nations which are interrupted and injured by those same disagreable circumstances. If subsequently to the honorable means for a friendly termination, proposed by the Argentine Government, and the con-

tes et modérées qu'on a données à Mrs. les Agents : si mon indulgence, si la permanence tranquille des Français dans cette République, au milieu de ces mêmes événemens, et des fortes impressions que le blocus a excitées ; si enfin la protection que les lois leur conservent, la générosité que le Gouvernement leur accorde, la noble et bienveillante hospitalité que les enfans de ce pays leur dispensent, n'ont pu faire cesser un tel état de choses, le monde prononcera entre les deux parties, et il dira de quel côté est la responsabilité et le bon droit.

L'intime confiance que les nobles sentimens de V. S. m'inspirent, l'empressement amical avec lequel elle s'est prêtée aux insinuations de Mrs. les Agens Français, et la conviction profonde qui m'assiste que V. S. n'a jamais douté de ma bonne foi, ni des sentimens d'amitié qui m'animent envers la France, me font espérer que V. S. demeurera convaincue de la bonne volonté que j'ai d'écarter toutes les difficultés capables de rétarder les effets d'un dénoûment pacifique, qui concilierait les exigeances de la dignité et de la hiérarchie de la nation Française, avec la justice et l'honneur national que je suis chargé de défendre. V. S. a pu aussi connaître mon vif désir de voir arriver des Agens suffisamment accrédités par S. M. le Roi des Français, pour leur donner les explications convenables, avec un esprit de franchise et de bienveillance, qui prouverait

vincing and civil answers adressed to said Agents} have been insufficient to remove those disagreable circumstances, my indulgence, or the quiet residence of the French in this Republic, even in the midst of these circumstances and of the strong impressions which the blockade has produced, the protection which the said Frenchmen enjoy from the Laws, or the generosity with which the Government treats them, or the noble and kind hospitality which the Natives of this Country dispense to them; the world will judge on which side rests the responsibility and the just right.

The perfect confidence that your noble sentiments inspire me with, the friendly disposition with which you have accepted the desires of the French Agents, and the founded conviction in which I am that you never have doubted either my good faith, or the spirit of friendship that animates me towards France, persuade me that you will be thoroughly convinced of my sincere wishes to arrange all the difficulties that might delay the results of a pacific termination in conformity with the dignity and high station of the French Nation, and with the National justice and honor, the care of which has devolved upon me. You also have been able to penetrate my lively wishes, that Agents sufficiently authorised by H. M. the King of the French to enter into due explanations with a spirit of frankness and friendship which may accredit to H. M. the sincere disposition of this

à S. M. la sincère disposition de cette République de conserver inaltérables avec la nation Française ses relations d'amitié, fondées sur les véritables principes du droit des gens.

Après cette franche déclaration, bien loin de trouver, à mon avis, des raisons suffisantes pour rejeter dans des *articles* appelés *secrets* d'un traîté, la question des indemnités, ou tout autre qui s'y rattache, je crois au contraire que, dès que ces Messieurs ont invoqué en leur faveur *le bon droit,* qu'ils m'ont attribué *l'intention décidée de me sustraire à l'examen des faits,* qu'ils ont supposé que *c'était le véritable système de mon administration, que j'ai manqué à la considération dûe à la France,* et que *j'ai rendue publique ma mauvaise foi,* l'honneur national, la dignité de mes actes administratifs, la bienveillance avec laquelle j'ai traité en tout temps, et dans toutes les circonstances, les Français, et le crédit de la République, engagé d'une manière particulière devant l'opinion du monde, en conséquence des prétentions injustes de Mrs. les Agens de la France, tout réclame impérieusement la plus grande publicité dans ce qui a rapport à ces mêmes faits qu'on invoque, pour obliger le Gouvernement Argentin à payer les indemnités qui ont été demandées dans *l'ultimatum* du Consul de France, Mr. Aimé Roger.

Ce sentiment est devenu encore plus fort chez moi, dès que j'ai vu dans sa lettre du 4 courant, que V. S. *se flatte que rien ne sera réclamé par le Gouvernement de*

Republic to preserve unbroken the good relations with the French Nation, under the sound principles of International Law, should present themselves.

After this frank manifestation, so far, in my opinion, from there being sufficient motives that the question of indemnities and any other relative to it, should be settled as part of a Treaty denominated *secret articles;* on the contrary, when those Gentlemen have invoked in their favour just *right,* when they have attributed to me *a decided intention to avoid the examination of facts,* when they have supposed, that *this was the real system of my administration, and that I had been wanting in considerations towards France and had made public my bad faith;* the National honor, the dignity of my administrative proceedings, my friendly disposition at all times and circumstances towards the French, and the credit of the Republic pledged in a special manner before the opinion of the world, all this occasioned by the unfounded pretensions of the Agents of France, forcibly demand from me the due publicity of every thing relative to the same facts which are invoked in order to exact from the Argentine Government the indemnities comprehended, in the *ultimatum* of the Consul of France Mr. Aimé Roger.

This sentiment operates yet more forcibly on me, since you state to me in your above mentioned letter of 4th. inst., that *you are satisfied that nothing will be claimed by*

*France qui ne soit honorable, juste et conforme à la
loi commune des nations:* ce qui m'engage à mettre la plus
grande reserve possible, pour qu'après avoir montré tant
de bonne foi dans la correspondance officielle et privée
qu'on a suivie avec Mrs. le Consul et le Contr'Amiral
Français, on évite toute démarche qui pourrait répan-
dre de l'obscurité sur ma conduite dans la défense de
quelques principes qui, ne blessant aucunement la dignité ni la hiérarchie de la France, ne s'opposent nön plus
à la loi commune des nations.

Dans cette conviction, et guidé par le sentiment d'amitié
qui m'a toujours animé envers S. M. le Roi des Français, aussitôt qu'on fera disparaître l'actitude hostile
de ses forces navales, ce que je ne puis pas m'empêcher de demander, car les lois de la République m'en
font un devoir, je serai, ainsi que je l'ai toujours été, disposé à donner les explications convenables à telle personne qui se présentera, investie des pouvoirs, et avec la mission nécessaire de la part de S. M. le Roi des Français.
En acceptant les bases que je vais proposer dans cette lettre, cet envoyé pourra se rendre auprès de mon Ministre
Secrétaire des Relations Extérieures, pour entrer en
discussion avec lui : m'engageant, de la manière la plus
solemnelle, d'entourer de garanties et d'égards sa personne, jusqu'à ce qu'on aura convenu sur les déclara-
tions à faire pour terminer ces différends avec les
Agens de la France.

the Government of France, which may not be considered honorable, just and in conformity with the Common Law of Nations : circumstance which also induces me to consult with due care, that after the good faith which I have evinced in the course of the official and private correspondence sustained with the French Consul and Rear Admiral, nothing should subsist that might leave in darkness my conduct for having supported principles which in no manner offended either the dignity and kigh position of France, nor are incompatible with the Common Law of Nations.

Under this impression, led by the spirit of friendship with which I am animated towards H. M. the King of the French, when the present hostile state of his naval forces should disappear, because thus it is prescribed me by the Laws of Republic; I am, as ever have been, disposed to enter into due explanations with any person who may present himself accreditted with competent mission from H. M. the King of the French. This person may, if the bases which I propose in this letter should be accepted, wait on my Minisrer Secretary for Foreign Affaires, in order to enter into the proper discussions, under the perfect security which I give that his person will be respected and considered until it may be agreed that the proper declarations which may terminate the present differences with the Agents of France should be made.

En attendant, je remercie V. S. de la manière la plus empressée, de la bonté avec laquelle elle se prête à transmettre à Monsieur Martigny l'invitation de mon Ministre, de se rendre ici pour entamer ces débâts. Néanmoins j'ai besoin que V. S. m'accorde son indulgence pour lui dire, que s'il s'agissait d'une affaire particulière, la parole de V. S. serait pour moi un gage précieux de sûrété, qui ne me permettrait pas d'hésiter à l'accepter avec le respect qu'on doit à la vérité: mais, dans ma position publique, il faut que je soumette mes procédés à la responsabilité qui pèse sur ma personne. Ainsi, je ne doute nullement, puisque c'est V. S. qui l'assure, que Mr. Martigny a été revêtu par son gouvernement du caractère de Consul Général et de Chargé d'Affaires de France, et que comme tel, il est autorisé de discuter et de régler la question pendante entre son pays et cette République: mais V. S. doit sentir aussi que cette persuasion ne me relève pas de l'obligation d'attendre, dans ma capacité officielle, la présentation des lettres de créance, dont Monsieur Martigny a besoin pour traiter d'affaires publiques avec mon Ministre des Relations Extérieures. La pratique des nations, et les règles généralement suivies dans des cas semblables, m'imposent cette reserve; et V. S. conviendra qu'il me serait impossible d'en agir autrement, surtout depuis que Mr. le Consul Roger, dans son *ultimatum* adressé à ce Gouvernement en

In the mean time I give you my most sincere thanks for
the kindness with which you have accepted the pro-
posal to transmit to Mr. Martigny the invitation which
my Minister may make him, in order that he may repair to this City to enter into the said discussion; and
you will be pleased to grant me your indulgence
on this particular when I assure you, that if a private affair was to be treated of, your word would be for me
an esteemed pledge of security which would not allow
me to harbour any fear of accepting it with the respect which truth merits; but in my public position, I
have to regulate my proceedings according to the responsibility that weighs on me. I do not doubt for a
moment, since you assure me of it, that Mr. Martigny
is invested by his Government with the character of
Consul General and Chargé d'Affaires of France, and
that as such he may be authorised to discuss and arrange the pending question between that Country and
this Republic; but you will also agree with me, that
this opinion does not exonerate me from the obligation
to await in my official capacity the presentation of the
necessary credentials on the part of Mr. Martigny, in
order to treat public Affairs with my Minister for Foreign Relations. The custom of Nations and the most
trivial rules in observance in similar cases, impose on
me this formality, which you will agree I cannot re-
nounce, especially in this question in which the Consul Roger, in his *ultimatum* to this Goverument of Sept.

date du 28 de Septembre de l'année dernière, a dit—
"que le Gouvernement Français avait jugé à propos de
charger son Consul, gérant le Consulat Général de France à Buenos Aires, *et nul autre*, de rappeler succincte-
ment les griefs dont la France doit obtenir la répara-
tion, et de faire connaître les satisfactions qu'il exige
comme conditions indispensables du rétablissement de
la bonne harmonie entre la France et la République
Argentine:" et dans sa note du 9 Octobre de la même
année, à S. E. Mr. le Ministre Plénipotentiaire de S.
M. B., il lui assure, que "Mr. Bouchet Martigny re-
prendra *son service* après la conclusion des différends
de la France et de la République."

Au surplus je suis pénétré des nobles sentimens dont V.
S. est également animée, et je lui en fais mes plus
sincères rémercîmens: de même que l'offre généreuse
qu'elle a la bonté de me faire de sa frégate pour
qu'elle serve, au besoin, de terrein neutre à la discussion d'une affaire si intéressante aux deux Etats, et
au commerce de toutes les nations amies, m'oblige à
renouveller à V. S., de la manière la plus empressée,
la reconnaissance qui lui est dûe pour un service aussi
amical, auquel elle se montre si généreusement disposée.

Quant aux points que V. S. daigne me proposer comme bases d'une transaction pacifique avec Mrs. les Agens
Français, elle doit me permettre que, eu égard aux

23rd. ultimo declared:—"that the French Government "had thought proper to order its Consul who discharged "*ad interim* the Consulate General of France in Bue- "nos Ayres, *and to no other*, to bring succintly to mind "the injuries, the reparation of which France is to "obtain, and to make known the satisfactions it demands "as indispensable conditions for the re-establishment of "good harmony between France and the Argentine Re- "public:"—And in his note of October 9th. of same year to H. E. the Minister Plenipotentiary of H. B. M., he stated:—"that Mr. Bouchet Martigny would re- "assume his services after the conclusion of the diffe- "rences of France and the Republic."

For the rest I am convinced and cordially obliged for the noble sentiments which also animate you in the gene- rous offer that you are kind enough to make me of the Frigate under your command, so that in case of being deemed convenient, it may serve as neutral territory for the discussion of so important an affair to both Sta- tes, and to the commerce of all friendly Nations; and I reproduce to you with heartfelt sincerity my grati- tude for the friendly office, to which you manifest your- self so generously disposed.

With regard to the points you are pleased to propo- se to me as bases of an amicable arrangement with the French Agents, you will also permit me to observe, that

difficultés que leur admission me présente, je lui adresse
les articles suivans:

1.º   Les personnes et les propriétés des sujets de la France continueront à jouir, dans la République Argentine,
de la même protection qui leur a été accordée jusqu'ici,
et que les lois du pays accordent à tous les autres
étrangers sans traité.

2º.   Les sujets de la France continueront à être traités dans
la République Argentine, en ce qui regarde le service
militaire, de la même manière qu'on l'a fait jusqu'ici,
et à l'égal des autres étrangers sans traité.

3º.   Malgré que le Gouvernement Argentin ait prouvé, et
qu'il est convaincu de n'avoir porté par ses actes aucune atteinte aux sujets du Gouvernement de S. M.
le Roi des Français, ni à leur personne, ni à leurs
propriétés, il s'engage à payer des indemnités aux Français qui prouveront d'avoir reçu des atteintes dans leur
personne, ou dans leurs propriétés, par suite des actes injustes du Gouvernement Argentin : et le Gouvernement de S. M. le Roi des Français s'engage également à indemniser la République Argentine de tous
les préjudices que lui a causés le blocus, déclaré par les
forces navales de la France à tout le littoral du Rio
de la Plata, ainsi que toutes les autres hostilités qu'elles
ont exercées contre la Confédération Argentine.

in consequence of the inconveniences which they present to me for their acceptance, I may propose the following:

1rst. The subjects of France in the Argentine Republic, in their persons and property, shall continue in the enjoyment which they have until the present moment of the protection which in it the Laws dispense to all other Foreigners who have no Treaty with the Argentine Republic.

2nd. That the French subjects in the Argentine Republic, with regard to military service, shall continue treated, as until now, in equality with the other Foreigners who have no Treaty.

3rd. That notwithstanding that the Argentine Government has proved and is convinced of not having injured by its unjust acts any subjects of the Government of H. M. the King of the French, either in their persons or property, it still obliges itself to pay indemnities to the French subjects who may be able to justify having been injured in their persons and property by unjust acts of the Argentine Government; and the Government of H. M. the King of the French shall also engage itself to indemnify the Argentine Republic for all the injuries which have caused to it the naval forces of France by the blockade declared to all the littoral of the River Plate, and by all other hostilities they have exercised against the Argentine Confederation.

4.º La discussion relative à ces indemnités s'établira, d'après les lois du pays, entre la personne qui se présentera investie des pouvoirs de S. M. le Roi des Français, après avoir accrédité son caractère, et le Ministre des Relations Extérieures.

5.º S'ils n'étaient pas d'accord ensemble, on s'en rapportera au Gouvernement de S. M. B., dont la résolution sera définitive.

6.º On rendra à la République Argentine l'ile de Martin Garcia, avec tout ce qui lui appartient, et qui s'y trouvait lors de son occupation par las forces de S. M. le Roi des Français.

J'ai le plaisir de renouveller à V. S. les assurances les plus sincères de la haute considération et du respect avec lesquels je suis, de V. S.

Son dévoué et obéissant serviteur,

JUAN MANUEL DE ROSAS.

—◆—

V.

(Traduction.)

Buenos Aires, le 17 Avril 1839.

Monsieur—

J'ai examiné attentivement les différents points renfermés dans la lettre que j'ai eu l'honneur de recevoir de

4th. The discussion relative to these indemnities shall be conducted according to the Laws of this Country between the person authorised by H. M. the King of the French who may present himself duly accredited, and the Minister for Foreign Affairs.

5th. In case that both should not agree, the affair shall be left to the Government of H. B. M., and its resolution shall be considered final.

6th. The Island of Martin Garcia shall be restored to the Argentine Republic with every thing that belongs to it and existed there at the time of its occupation by the forces of H. M. the King of the French.

I have again the satisfaction to reiterate to you the sincere sentiments of the high consideration and respect with which I am your obedient and attentive servant,

JUAN MANUEL DE ROSAS.

V.

Buenos Aires, 17th April 1839.

Sir.

I have attentively examined the several points which have been proposed in the communication wihch I have had the

S. E. le Gouverneur, commé bases sur lesquelles il est disposé à recevoir Mr. Martigny, et je suis convaincu, que tels qu'on les a rédigés, ils ne seront pas admis comme bases, pour engager ce Monsieur à se rendre à Buenos-Ayres, et à se mettre en rapport avec D. Felipe Arana pour transiger à l'amiable cette fâcheuse question.

Comme ami de la paix et de l'harmonie, je désire vivement qu'on essaye des deux côtés de terminer ces différends d'une manière amicale, et je prends la liberté de soumettre très respectueusement à la considération de S. E., au lieu de ce qui a été proposé dans sa dernière lettre du 12 courant, les amendemens suivans, qui écarteront, je pense, toutes les difficultés, et une fois admis par Mr. Martigny, Chargé d'Affaires de France, je ne doute pas qu'ils le se décideraient à se rendre ici pour présenter ses lettres de creance: de cette manière la paix et le bonheur succèderaient à la guerre.

1.º Les sujets Français continueront à jouir dans la République Argentine de la protection qu'on a accordé jusqu'ici à leur personne, et à leurs propriétés, et qu'on accorde à tout autre étranger qui n'a pas de traité existant; jusqu'à la conclusion d'un traité d'amitié, de commerce et de navigation entre le Gouvernement Français et celui de la République Argentine.

2.º Les sujets Français, en ce qui regarde le service mi-

honor to receive from His Excellency the Governor, relative to the bases upon which he is willing to receive Monsieur Martigny; and feel convinced that, as worded, they never could be entertained by him, as a bases upon which he could repair to Buenos Ayres, to enter into a discussion with D. Felipe Arana, to bring to an amicable termination this unfortunate difficulty.

Feeling anxious as a friend to Peace and Harmony, that this question should terminate amicably to both parties, I beg leave most respectfully to suggest for the consideration of His Excellency, instead of what has been proposed by his last letter, dated 12th Inst., the following amendments, which I believe will be obviating all difficulties, and upon the reception of which I have no doubt Monsieur Martigny, the Chargé d'Affairs of France, will proceed to this place and submit his credentials, and ultimately it will be the means of causing Peace and happeness to prevail, instead of war.

1rst. French subjects in the Argentine Republic, shall continue to enjoy, as heretofore, that protection, with regard to their persons and property, which is accorded to any other Strangers who have no actual Treaty, until the conclusion of a Treaty of friendship, navigation and commerce, between the French Government and that of the Argentine Republic.

2nd. French subjects, in the Argentine Republic, shall,

litaire, continueront à être traités dans la République
Argentine, comme ils l'ont été jusqu'ici, et à l'égal des
autres étrangers qui n'ont pas de traité existant.

3.º   Malgré que le Gouvernement Argentin ait prouvé, et de-
meure convaincu, que par ses actes il n'a porté aucune
atteinte, ni à la personne, ni aux propriétés d'aucun
sujet de S. M. le Roi des Français, il s'engage à payer
des indemnités à tout individu de cette nation, qui justi-
fiera avoir souffert des atteintes dans sa personne, ou dans
ses propriétés, par suite des actes injustes de la République
Argentine : et le Gouvernement de S. M. le Roi des
Français s'oblige de la même manière à payer des indemnités à tout sujet Argentin, qui prouvera avoir souffert des atteintes dans sa personne, ou dans ses propriétés
par effet des actes injustes du Gouvernement Français.

4.º   La discussion relative à ces indemnités s'établira, d'après
les lois des gens, entre la personne nommée par S. M.
le Roi des Français, et qui présentera d'avance ses
lettres de créance, et le Ministre des Affaires Etrangères.

5.º   Si les deux parties ne se conformaient pas, on soumettra
l'affaire à des arbitres nommés réciproquement, et dont
la décision sera définitive.

6.º   On rendra à la République Argentine l'île de Martin

with reference to military duty, continue to be treated as heretofore, and on an equality with other Strangers, who have no actual Treaty.

3rd. Notwithstanding the Argentine Government has shown and is persuaded, that it has not, either in person or property, injured any subject of His Majesty the King of the French, by any unjust acts, it will pledge itself to pay indemnities to any French subjects who can prove having been injured in person or property, by unjust acts of the Argentine Republic; and the Government of His Majesty the King of the French shall equally pledge itself to pay indemnities to any Argentine subjects who can prove having been injured in person or property, by unjust acts of the French Government.

4th. The discussion relative to these indemnities shall be carried on according to the Law of Nations, between the person authorised by His Majesty the King of the French, who shall have previously presented himself poperly accredited, and the Minister of Foreign Affairs.

5th. The two parties not agreeing, the question shall be submitted to such reference as may be determined upon by the parties, and his or their decision, shall be considered final.

6th. The Island of Martin Garcia, with all that belonged

Garcia, avec tout ce qui lui appartenait lors de son occupation par les forces de S. M. le Roi des Français.

J'ai l'honneur d'être, Monsieur, avec le plus grand respect son dévoué serviteur

JOHN B. NICOLSON,

Commandant en chef des forces navales des E. U.
sur la côte du Brésil et du Rio de la Plata.

A D. Felipe Arana, Ministre des Affaires Etrangères, etc., etc., etc. à Buenos Aires.

VI.

(Traduction.)

Buenos Ayres, le 18 Avril 1838.

A Mr. John B. Nicolson, Commandant en chef des forces navales des E. U. sur la côte du Brésil et du Rio de la Plata.

Monsieur—

J'ai rendu compte à Son Excellence Mr. le Gouverneur, de la très-estimable lettre de V. S., datée de hier, par laquelle elle a la bonté de dire, qu'après avoir mûre-

to it, at the time of its occupation by the French forces, shall be restored to the Argentine Republic.

I have the honor to be, Sir, with great respect, your obedient servant.

JOHN B. NICOLSON,

*Captain Commanding U. States' Naval forces on
the coast of Brasil and the Rio de la Plata.*

To D. Felipe Arana Minister for Foreign Affairs, &c. &c.
&c. Buenos Ayres.

VI.

(Translation.)

Buenos Aires, April 18th 1839.

*To Captain John B. Nicolson, Commander of the United Sta-
tes' naval forces on the coast of Brasil and River Plata.*

Sɪʀ—

I have placed before H. E. the Governor your very esteemed
letter of yesterday, in which you are pleased to
state that having attentively examined the different points

ment réfléchi sur les différents points proposés par S. E. dans sa note du 12 courant, pour fixer les bases sur lesquelles on était disposé à recevoir Mr. Martigny, elle s'est convaincue, que, tels qu'on les a rédactés, ils ne pourraient pas être admis par Mr. Martigny pour entrer en discussion avec moi, et pour transiger à l'amiable les différends malheureusement existentes : et que, comme ami de la paix, et plein du désir de voir terminer d'une manière amicale la question pendante avec Mrs. les Agens Français, elle soumettait à la considération de S. E. Mr. le Gouverneur, d'autres articles, qui, à l'avis de V. S., applaniraient les difficultés actuelles, ne doutant pas qu'en les recevant, Mr. Martigny se rendrait ici pour présenter ses lettres de créance, et que de cette manière la paix succederait à la guerre. En réponse à cette communication, S. E. m'a autorisé de renouveller à V. S. la haute considération du Gouvernement Argentin pour ses nobles désirs, et la coopération efficace avec laquelle V. S. travaille à mener à un terme amical notre question pendante avec Mrs. les Agens Français; et je suis chargé aussi de lui donner des nouvelles assurances de la bonne volonté de S. E. Mr. le Gouverneur pour écarter toutes les difficultés qui pourraient retarder les effets d'un dénoûment pacifique, et pour concilier les exigeances de la dignité et de la hiérarchie de la nation Française avec la justice et l'honneur national, que S. E. est chargé de conserver et de défendre.

proposed by H. E. under date 12th. inst., relative to the bases on wich he is disposed to receive Mr. Martigny, you are convinced, that being worded in those terms they never could be admitted by Mr. Martigny, as bases upon whieh he will establish discussions with me, and arrange amieably the differences which unfortunately now exist; and that, as a friend of peace, experiencing wishes that the pending question with the French Agents should be terminated in a friendly manner, you propose for the consideration of H. E. the Governor, various terms which in your opinion would remove the present difficulty, having no doubt on your part, that on their receipt by Mr. Martigny, he would come here in order to present his credentials, producing ultimately peace instead of war.

On perusal of the above mentioned letter, I was authorised by H. E. to reproduce to you both the decided esteem of the Argentine Government for the noble wishes and vigorous offices with which you endeavour that the pending question with the French Agents should terminate in a friendly manner, and the good disposition of H. E. the Governor to remove all difficulties that may delay the results of a pacific termination, in conformity with the dignity and high position of the French Nation, and with the Nacional justice and honor, with the preservation and deffence of which H. E. is entrusted.

Que bien loin d'avoir proposé dans sa lettre du 12 courant des bases capables d'éloigner la paix, elles sont au contraire un témoignage éclatant de l'esprit de bienveillance et de justice du Gouvernement Argentin, en accréditant la sincérité de ses désirs pour conserver inaltérables les bonnes relations d'amitié avec S. M. le Roi des Français, et sa disposition constante d'entrer en explications amicales avec la personne qui se présenterait investie des pouvoirs nécessaires.

Que après tout ce que V. S. a observé dans ce pays, les entrevues pleines de franchise qu'elle a eues avec S. E. et avec moi, les renseignemens nombreux qu'elle a obtenus sur les différents points renfermées dans les bases données, et après que V. S., par ces moyens assurés, s'est placée dans une position favorable pour juger des actes du Gouvernement Argentin, S. E. espère que l'esprit éclairé de V. S. saura apprécier au juste les motifs qui pourraient empêcher Mr. Martigny d'admettre les bases qui ont été proposées.

C'est pourquoi S. E. Mr. le Gouverneur me charge de répondre à la lettre de V. S. en insistant sur ces points, ainsi que sur tous les autres détails contenus dans celle de S. E. du 12 courant.

Avec cette occasion, j'ai la satisfaction d'offrir à V. S. les assurances de la haute considération et de l'amitié, avec lesquelles je suis, son dévoué et sincère serviteur,

FELIPE ARANA.

That very far from having proposed in the letter of 12th inst. bases that might delay peace, they are an eloquent testimony of the spirit of friendship and justice with which he has accredited the sincere wishes of the Argentine Government, to preserve unbroken the good relations with H. M. the King of the French, and his constant disposition to enter into amicable explanations with the person who may present himself duly accredited.

That after what you have observed in this City, after the frank conversations you have had with H. E. and with myself, after the detailed information you have received on the various points on which are founded the proposed bases, and after having by this unequivocal means placed yourself in a secure position to appreciate the acts of the Argentine Government, H. E. trusts that your enlightened judgement will be able duly to value the motives which Mr. Martigny may have not to admit the proposed bases.

Consequently H. E. the Governor has authorised me to reproduce to you, in answer to your above mentioned letter, the points and the other details contained in that of H. E. of 12th. inst.

With this opportunity I have the pleasure to assure you of the high consideration and friendship with which I am your obedient and attentive servant,

FELIPE ARANA.

7

VII.

(Traduction,)

Montevideo, le 22 Avril 1839.

MONSIEUR.—

C'est avec beaucoup de regret que j'ai l'honneur d'annoncer à
V. S. l'accomplissement de mes prédictions sur le re-
fus des propositions faites par S. E. le Gouverneur Général Mr. Rosas, lorsqu'il fixa les conditions sous lesquelles
on admettrait Mr. Martigny, Chargé d'Affaires de
France, pour arriver à un accord qui rétablirait la paix
entre son Gouvernement et celui du Roi des Français.

A mon arrivée, je m'empressai de voir le Contr'Amiral Leblanc, et Mr. Martigny, et je leur remis la correspondance que j'avais en l'honneur de suivre sur cette
affaire, en leur donnant en même tems toutes les explications que V. S. m'avait chargé de faire. La seu-
le réponse que j'ai pu en obtenir, a été, "qu'ils ne pouvaient
d'aucune manière souscrire à de telles conditions, etant
tout à fait inadmissibles."

J'ai la conviction d'avoir rempli mon devoir, comme tout
honnête homme doit le faire, et de n'avoir rien négligé
de ce qui pouvait mettre un terme aux diflérends qui
existent entre deux gouvernemens, dont l'intérêt est que
la paix et le bonne intelligence régnent parmi eux, et non
pas la guerre. Je désire la paix, parcequ'elle convient

VII.

Montevideo, 22 April 1839.

Sir—

It is with much regret that I now have the honor to inform you that my anticipations are confirmed relative to the non-acceptance of the propositions which were proposed by His Excellency the Governor General M. de Rosas, as to the terms upon which he would receive Monsieur Martigny the Chargé des Affaires of France, to discuss an arrangement to procure peace between his Government and the King of the French.

I hastened upon my arrival to meet Rear Admiral Le Blanc and M. Martigny, and delivered the correspondence which I had the honor to have had on this subject, as likewise all the explanation which was requested of me by yourself, and the only answer which could be given was, "that such terms could not for a moment be entertained, as they were totally inadmissable."

I feel that I have done my duty as a man in endeavouring to do all in my power to heal the differences existing between two Governments whose interest is peace and friendly intercourse, rather than war. I could wish for peace only as it regards the mutual happiness of both Nations, as I am strictly neutral, and had thought no

au bien-être des deux nations: au reste je suis strictement neutre, et je m'étais flatté qu'aucune objection ne serait faite, en prenant pour base d'un dénoûment pacifique la loi internationale, telle qu'elle est conçue et établie par Vattel, et par d'autres auteurs estimés. Je saisis cette occasion pour assurer à V. S. qu'il me sera extrêmement agréable que d'autres, plus heureux que moi, parviennent à consolider la paix, à laquelle s'oppose malheureusement la loi du 10 Avril 1821.

Qu'il plaise à V. S. d'agréer les assurances de ma haute estime et considération, et de me croire avec le plus grand respect.

MONSIEUR,

Son obéissant serviteur—

JOHN B. NICOLSON,

Commandant en chef des forces navales des E. U.
sur la côte du Brésil et du Rio de la Plata.

A D. Felipe Arana, Ministre des Relations Extérieures; etc, etc, etc. Buenos Aires.

objection could be raised when the Law of Nations, as understood and laid down by Vattel and other grave Writer, should be taken as the bases upon which a Peace should be concluded. I take this opportunity to assure you Sir, that I shall be most happy when others more fortunate than I have been, shall be the channel to conduct to a lasting peace, to which unfortunately your Law dated the 10th of April 1821 is inimical.

Accept the assurance of my high respect and consideration, and believe me to be respectfully

Sir,

Your obedient servant,

JOHN B. NICOLSON,

Captain Commanding the U. S. naval forces on the coast of Brasil.

To Don Filipe Arana, Minister of Foreign Affairs, &, &, &. Buenos Aires.

VIII.

(Traduction.)

Buenos Aires, le 10 Mai 1839.

A Mr. John Nicolson, Commandant en chef des forces navales des E. U. sur la côte du Brésil et du Rio de la Plata.

MONSIEUR—

J'ai la satisfaction de répondre à la très estimable lettre de V. S., datée de Montevideo du 22 Avril dernier, par laquelle elle a la bonté de m'informer, qu'ayant remis à Mr. le Contr'Amiral Leblanc et à Mr. Martigny, la correspondance suivie par V. S. avec ce Gouvernement au sujet de la question actuellement pendante, et après leur avoir données les explications qu'il fallait, V. S. n'a pu en obtenir d'autre réponse, "qu'on ne pouvait nullement souscrire à ces propositions, étant tout à fait inadmissibles."

S. E. Mr. le Gouverneur, à qui j'ai rendu compte de cette communication, m'a ordonné de renouveller à V. S. les sentimens de toute son amitié, avec ceux de sa parfaite estime, et de la réconnaissance que le Gouvernement Argentin lui doit, pour le noble intérêt avec lequel V. S. c'est prêtée à terminer les différends qui existent entre

VIII.

Buenos Ayres, 10th May 1839.

To Captain John B. Nicolson, Commander of the United Sta-
tes' naval forces on the coast of Brasil and River Plate.

Sir—

I have the satisfaction to answer your very esteemed letter
dated at Montevideo on 22*nd.* April ult.º, in which you
are pleased to state to me, that having delivered to Rear-
Admiral Le Blanc and Mr. Martigny the correspondence
sustained by you with this Government on the present
pending question, and having made to them all due explanations: the only answer you could obtain was, "that
those terms could not for a moment be accepted, because they were entirely inadmissible."

His Excellency the Governor, having been informed of your
letter, has ordered me to reproduce to you the sentiments of his pure friendship and those of the particular esteem and gratitude which you merit of the Argentine Government for the laudable interest with which
you have come forward to terminate the existing dif-

lés Gouvernemens de la France et de cette République.

Je profite de cette occasion pour avoir le plaisir de renovel-
ler à V. S. les sentimens de considération et de respect avec lesquels je suis, de V. S.
Le très obéissant et dévoué serviteur—

FELIPE ARANA.

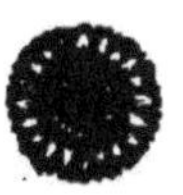

ferences between the Governments of France and of
this Republic.

With this opportunity I have the satisfaction of reiterating to
you the sentiments of consideration and respect with
which I am your attentive and obedient servant,

FELIPE ARANA.

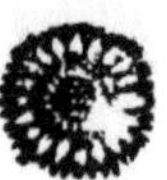